红 色 经 典
文 艺 作 品
口　袋　书

穆青等
著

本书编委会 编选

上海文艺出版社

县委书记的榜样——焦裕禄

目录

★

为了六十一个阶级弟兄
王石　房树民

小丫扛大旗
黄宗英

县委书记的榜样——焦裕禄
穆青　冯健　周原

★

为了六十一个阶级弟兄

王石　房树民

一滴水能反映出太阳的光辉,一件平常事足以体现我们时代最美好的思想、最高尚的风格。党的教育,在我们

心里开出了多少最芬芳的共产主义鲜花？你数不清！这种思想使人们创造了多少共产主义大协作的奇迹？你数不清！但是这种平凡而伟大的事情，却每天都在你的身边发生。现在，就让我们讲一件给你听……

一九六〇年二月三日，农历正月初七

现在，是下午四点钟

在首都王府井大街，车水马龙、热闹繁忙，商店穿戴着节日的盛装，人们满面春风地东来西往。就在这王府井北口八面槽的路东，有一家门面很小的国营特种药品商店。这时候,营业员们在笑盈盈地答对顾客,办公室里,算珠山响,快下班了,正忙着结账。忽然,有人兴致勃勃地拿来一大把红红绿绿的票子:

"同志们,今晚政协礼堂有精彩晚会,首都商业职工春节大联欢!"

"好哇!"大伙乐得嘴都合不上了。

原来,在春节放假的日子里,我们大家都休息,可商店职工却还忙在柜台上,为了让我们在假日里买到称心的东西,可真是忙得脚不沾地。所以,这个有首都著名艺术家表演、内容十分精彩的大联欢,只好推迟到正月初七才举行。大家分到了票子，更是欢喜地忙工作，只等下班以后，带上全家老少，去尽兴欢度六十年代的第一个春节……

陡然，办公桌上的电话响起了十分急促的铃声，戴近视眼镜的业务员老胡，一把抓起听筒：

"喂，哪里？"

"长途！我是中共山西平陆县委，我们这里有六十一名民工发生食物中毒，急需一千支'二巯基丙醇'，越快越好，越快越好！"听筒里的声音十分响亮而焦灼。

"我们立刻准备药品！"很怕对方听不清楚，老胡几乎喊起来了，"我们马上设法把药发到太原!"

"不行!太原距平陆尚有一千余里,而且要翻山越岭,交通极为不便,请设法空运……空运!!"

六十一个同志的生命,危在旦夕!一千支注射剂,非得空运!……每一个字,都好似一颗钉,颗颗钉在人们的心上!就在老胡抓耳挠腮地和对方通话时,大家已经都围上来了。商店里好一阵紧张,人们的心里,早已把"精彩晚会"丢得无影无踪。党支部立即召集紧急会议研究,决定全力以赴办好这件事。发动大家想办法,立刻请示领导。于是,全商店的人,把心拧成一股绳,把精力全都集中在这一连串的悬念、一连串的困难上了……

在我们的社会主义大家庭里,亿万劳动人民是一个亲密无间的整体。一根红线贯穿,颗颗红心相连,大家同呼吸,共甘苦……

事情原来是这样发生的:

二月二日,在山西省平陆县

一座新落成的红色大楼里,灯火辉煌。中共平陆县委扩大会议,照常进行着。与会者心神振奋,讨论的是一九六〇年跃进规划。

七点钟时,县人民委员会燕局长匆匆奔进会议室,找到县人民医院王院长说:

"一小时前,风南公路张沟段有六十一名民工,不慎发生食物中毒,请立刻组织医务人员抢救!……"

他们的话还没说完,坐在主席位置上的中共平陆县委第一书记郝世山同志,也已晓得了这紧急情况。这位五十来岁的老书记,立刻站了起来,目光炯炯地把会场扫视了一遍,然后,果决地说:

"同志们,现在要全力处理一件急事,会议暂停!"

说完,郝书记一甩手,披起那件旧棉大衣,立即召集县委常委会议研究,当机立断,全力抢救。片刻,大卡车就载着负责同志,载着县医院全部最好的医生,在茫茫的黑夜里,翻山越岭,向我们的六十一个阶级弟兄身边奔去!

这平陆县与河南省的三门峡市,只隔一条黄河。县北五十里外张村一带,正在修建一条从芮城风陵渡到平陆南沟的省级公路,这条公路是山西全省支援黄河三门峡伟大建设工程的交通命脉。

筑路民工都是人民公社社员，干起活来，真叫干劲冲天，有个叫侯永胜的，一个人一天就挑了几百担土。他们展开了对手赛，改革了一系列工具，工效步步提高。更在春节期间，自愿少休息，打了个开门红的大胜仗。谁想竟发生了这偶然的不幸！这是六十一个多么好的建设社会主义的积极分子，他们的生命有危险，我们能不心疼吗？

县里的汽车来到张沟工地以前，张村公社党委第一书记薛忠令，亲率公社医院二十多名医护人员，早已来到。他们正在忙着给病人洗身、洗脚、消毒。县里的医生跳下汽车，立即着手诊断，立即治疗!

他们使用了各种办法:

给患者喝下了绿豆甘草水解毒,无效!

给患者又注射了吗啡,仍然无效!

……无效!无效!

紧张,无比的紧张!空气窒人,医生、护士挥汗如雨。县人民医院负责医生解克勤等同志,经过紧张详细的会诊后,断定:

"非用特效药'二硫基丙醇'不可!必须在四日黎明前给病人注射这种药,否则无救!赶快派人去找!"

就在同一个时间内

县委会里,不安之夜。

我们的郝书记,不停地吸着烟,守在电话机旁,他嘴角上的皱纹,更加深陷了。参加革命二十多年来,他养成了这样一种习惯:自个生病(他现在还患着关节炎),好像没那么回事,可乡亲们一有个头痛脑热,他就记着放不下,非想个法帮你治好心里才舒坦。何况,现在这六十一个同志,有的是生命危险!郝书记更加坐卧不安了。……这时候,他们接到了患者急需"二硫基丙醇"的电话，马上就派人去找。县人民医院的司药王文明和张寅虎，这两个小伙子连厚衣服也没顾得穿，两步并作一步走，跳过一道道深沟险壑，到三门峡市去找药。你看，这才叫真正的"司药员"，药房里没有的，他们愿意经历千辛万苦，跑遍天涯海角，也要给你找到！

他们来到了黄河茅津渡口，在微微的星光底下，只见那黄河翻滚着巨浪，只听那河水拍打岸头，声声震人心碎。这两个小青年，明明知道夜渡黄河容易翻船落水，极其危险，但是，为了挽救六十一位同志的生命，在这重要的时刻，就是天大的险，他们也心甘情愿去冒！他们毫不犹豫地去敲船工的门。船工从鼾睡中醒来：

"敲门干什么？"

"请摆我们渡河！"

"黄河渡口，自古以来，夜不行船，等天亮吧！"

"不能等！为了救人，今夜非过河不可！"

当船工们听说是为了挽救六十一个祖国建设者，老艄公王希坚，不顾今晚正发喘，猛然从热乎乎的被窝里跳了起来，系上褡裢，吆喝一声："伙计们，走！"后面王云堂等几个人紧紧跟上。

来到岸边,二话不说,驾起船,直奔河心。凭着与黄河巨浪搏斗了几十年的经验,凭着一颗颗赤诚的心,终于打破了黄河不夜渡的老例,把取药人安全送到了对岸。

可是,三门峡市没有这种特效药!

这已经是二月三日的中午了。时间啊,你停滞一会吧!你为什么老是从人们的身边嗖嗖地急驰而过,想挽也挽不住你……

郝书记急切而坚定地指示:"我们还是应该就地解决。向运城县去找!向临汾县去找!向附近各地去找!"

就在这时,张村公社医院又来了电

话："如果明晨以前拿不到'二硫基丙醇',十四名重患者,将会有死亡!"

找药的电话,不断头地回来了:

运城县没这种药!

临汾县没这种药!

附近各地都没这种药!

郝书记斩钉截铁地说："为了六十一位同志的生命,现在我们只好麻烦中央,向首都求援。向中央卫生部挂特急电话!向特药商店挂特急电话!"

于是,这场紧张的抢救战,在两千里外的首都,接续着开始了……

人心向北京,北京的心立刻和平陆

的心一起跳动……

二月三日，下午四时多，在卫生部

在中华人民共和国卫生部的一座四合院里，药政管理局的许多同志，都停下了别的工作，忙办这件刻不容缓的事。药品器材处长江冰同志，在接到平陆县委打来的电话后，就一面叫人通知八面槽特种药品商店赶快准备药品，一面跑去请示局长和正在开党组会议的几位部长。徐运北副部长指示：一定要把这件事负责办好，立刻找民航局或请空军支援送药！

现在，处里胖胖的老吴同志，头上汗水津津，正在紧张地向特种药品商店催药，共青团员冀钟昌正在与民航局联系；电话里传来的是不匀称的呼吸，显然对方也很焦急：

"明天早晨，才有班机去太原，那太迟了，太迟了！……对啦，请求空军支援！"

真急人，电话一个劲占线。当小冀接通空军领导机关的电话时，空军已晓得了这件事。原来民航局先一步为此事打来了电话，这时，值班主任向小冀又进一步了解了卫生部的要求，立即跑去请示首长。首长指示：

全力支援，要办得又快又好！于是，像开始了一场战斗一样，有关人员各就各位，研究航线，研究空投，向部队发出命令……这一切都办得十分神速，这一切都贯注着人民军队的光荣传统，都贯注着对人民极其深沉的爱！

阶级友爱，情深似海。在我们中间，一个人发生困难，就有上百、上千、上万个素不相识的人，热切地向你伸出手，不遗余力地帮助你……

现在,已经是下午五点多了

从首都广安门外到八面槽的遥远路途中,穿过熙熙攘攘的人群,穿过川流不息的车辆,走过大街走小巷,一位三十来岁的工人,正冒着数九天的寒风,拼命地蹬着一辆载货自行车飞驰。

"同志们,闪道,闪闪道!"

他不断地向行人呼喊道。这车上拉的就是"二硫基丙醇"。骑车的叫王英浦,是位先进工作者。你看,他把车轮蹬得飞转,三十华里的路程,一个小时多就赶来了。干吗要从三十里外运药来？这其中还有段小故事：

这"二硫基丙醇"，原本是由国外进口的，算是一种稀有药品。可是去年大跃进中，我们的国营上海第一制药厂的工人，创造性地揭开了它的秘密，现在已能大量生产供应了。它再也不是什么稀罕玩意儿，它的身价，已经从特种药品降为普通药品，所以特药商店刚刚把它送到库房去，准备发往各地普通医药公司经售。谁知现在又突然需要它，因此又拉了它回来。

且说王英浦这时正气喘吁吁地把药品搬进屋来，大家忽地围住他：

"老王，你真是两条神仙腿呀！"

就在同一个时间内

我们的特种药品商店里,党支部书记田忱和共产党员何思鲁,正拿着电筒,伏在地图上,照啊,找啊,他们干什么呢?屋里明明亮着太阳灯,往常,针掉到地上都可以找到,可是今天却怎么也不够亮,噢,他们在找:平陆在哪?他们在想:到底如何运送?这些,迄今还都是悬案!

正在这急死人的节骨眼上,卫生部又来了电话:

"空军已热情支援,保证今夜把药

品空投到平陆县城！请你们快把一千支药品装进木箱，箱外要装上发光设备……"

有飞机啦！人们的心眼里，真像是久旱逢甘霖，兴奋得都跳起来了！但紧跟着又是一个困难：这发光设备可怎么解决呢？

就在同一个时间内

时间，一秒，一分……一闪而过。现在距离四日清晨已经没几个小时了。

在张村公社医院里，气氛仍然异常紧张！张村公社的社员们，给自己的弟兄送来了大量豆腐、粉条、蔬菜、糖、细粮……这些东西堆在那里，有谁能吃呢？我们的弟兄还在危险中！山西省人民医院、临汾人民医院在听到这项紧急消息后，也都迅速派来了医生。现在，四十多位医护人员，头上冒着一串串的汗珠，他们已经二十来个小时没阖眼，为了延续这六十一条生命，土法、洋方，各式各样的招，都使尽了，可是病人还不见有何好转！！

突然有人报告："同志们，县委来电话说，中央已决定今晚派飞机送药来！"

这是真的么？是真的！病人们那绝望的眼神，忽地亮了，人人的眼里，都饱含着无限感激的热泪……

现在，时间将近晚上七点

特药商店里，药品箱都快装好了，可是发光设备却还没个着落。这时，一个戴眼镜的姑娘，猛地把辫子一甩说：

"我找五洲电料行去！"这人名叫李玉桥。

她飞也似的来到了五光十色的五洲电料行。吓，这里真是顾客盈门，共青团员贺宜安在忙着给顾客拿这拿那。李玉桥简短地把情况跟小贺说完，问他：

"给你三十分钟，能不能办好？"

"放心吧,李大姐,坚决保证!"

李玉桥帮他搞营业,小贺抬腿就去找人。半路上正好碰见了王明德,小王是北京市的先进生产者,更是一位热心肠的小伙子。他俩急中生智,连跑带研究,真是一个踉跄一个智慧,他们想用四节电池焊在一起,接上灯泡,可亮半个多小时;又研究出用十六节电池、四个灯泡,把药箱的四面都装上灯,空投落地时,这一面的摔灭了,保险那几面的还亮着。说着说着,他们就干起来了。这时,正好门市部主任老杨从外面开会回来,一听说这是急事,也帮他们忙活起来。过了一会,李玉桥又来催:

"时间紧迫,不能超过三分钟啦!"

"我们保证两分半钟就弄好!"

果真,李玉桥头脚走回商店,小王就带着焊好的发光设备,一溜烟地踩着她的脚跟,也钻了进来,真是两分半钟啊!

现在,是七点半钟以后

一辆胜利牌小轿车,从卫生部大门里急驰出来,奔向特药商店。

车子来了。这时候,正像老何事后所描绘的:也不知那一箱子药品,到底是怎么拿出去的。只见大家一拥而上,生怕误了一分一秒的时间,生怕有个拿不住摔到地上,许多只手擎着这一千支"二硫基丙醇",挤出商店的那狭小的门,轻轻地把它放在胜利牌小轿车最好的席位上!

胜利牌轿车载着一千支"二硫基丙醇",正在灯火辉煌的大街上,在静谧的京郊林荫大道上,响着喇叭,箭也似的向机场疾驰。

就在同一个时间内

平陆县邮政局的电话铃声一阵疾响。从下午三点开始,平陆——北京的长途电话已经成为一条极为敏捷的专线。这电话又是空军领导机关打来的。亲自守护在电话机旁的邮政局长董鸿亮同志,忙把电话接到县委会。郝书记接过电话,只听见:

"请赶快物色一块平坦地带,要离河道远些,准备四堆柴草。飞机一到,马上点火,作为空投标志!"

"好!立即准备!"

于是,书记、县长亲自指挥,有线广播站里传出来了最洪亮声音,向县城附近的机关、学校、人民公社,向几千几万群众,发出了县委、县人民委员会最紧急的号召。声音所到之处,正在学习拼音文字的干部们,撂下了书本跑出来;学生们从温课的教室里拥出来;老人们拄着拐杖走出来;新婚夫妇从温暖的新房中走出来;建设局的工人们,拖着废木碎柴往城外空地上跑;圣人涧那面的山坡上,又有一大群红旗公社的男女社员,抱着大捆大捆的棉柴芦苇,向这块平坦地势上奔来……

眨眼间,岗尖的四大堆柴草已经准备好了!

几千人林立在这块名叫"圣人涧"的空地上。人们满怀急不可耐的激动心情,向茫茫的夜空,向东北方向,不,向我们伟大的首都,瞭望着,瞭望着;

人们的心早已经穿过了云层！曾经在部队上做过通讯工作的孙治勤同志，站在高高的山岗上，凭着他的经验，凭着他一双能听出十里以外动静的耳朵，倾听着飞机的动静……

这是一场共产主义风格大发扬的胜利战斗。舍己为人、友爱互助精神万岁！

现在，是夜里九点零三分

北京，繁星满天。一架军用运输机，满载首都人民的深情厚谊，冲向银光闪闪的夜空，向西南方向风驰电掣地飞去。卫生部的陈寅卿同志随机前往。

这是一次十分困难的飞行。夜间空投,在平陆空投场没有地面指挥和对空联络的情况下,加上地形复杂,山峦重重,空投的又是水剂药品,而且要保证做到万无一失……部队领导对这次空投任务极为重视,政委、大队长、参谋长亲自研究,特别选派了最有经验的机长、领航长、通讯长和机械师,并且是一架飞机,派了两个机组同时前往。就在起飞之前,他们还选择了最好的降落伞,把药箱加了重,一切都筹划得最有把握,大家满怀着信心。

一个飞行员十分激动地请求机长:

"为了确保药箱及时送到,我请求批准我跟着药箱一起下去!"

机长说:"首长已经指示,人不要下去,我们要保证把药品准确投到!"

现在,我们的雄鹰正在高速航行。下面是茫茫大地,祖国到处是不夜城,繁星与万家灯火交相辉映,这时候,有多少人,还在辛勤地为祖国劳动着!

现在,是夜里十一点二十三分

"请平陆准备!准备!飞机再有七分钟就到你县,马上点火!"

董局长把这空军领导机关的电话通

知立刻传给守候飞机的人群,不知是谁,向每堆柴草上泼了一些煤油,火苗冲天而起,大火把天空和大地都照红了!

这时,飞机已越过黄河,来到平陆上空。现在飞机的高度是两千七百米,为了空投的准确,必须降低,越低越准!机长周连珊压了压操纵杆,飞机迅速下降,两千、一千五、一千……五百米,巍峨的山影从机身旁掠过,好危险哪!这是一场勇气加技术的搏斗!

飞机上的全部人员,双眼睁得彪圆,心情极不平静!机长突然兴奋地命令:

"准备空投!"

保伞员、机械师还有小陈,早就把药箱上的电灯接亮了,只听电铃一响,他们"嗖"地一声准确地把药箱推出机舱,一千支"二硫基丙醇"带着降落伞,向预定空投地点坠下去,坠下去!……由县委打电话向北京求援,到神药从天而降,这其中牵动了多少单位,牵动了多少人,可是这全部复杂辗转的过程,却只用了八个多小时,这是多么惊人的高速度!

我们不是常说"千里送鹅毛,礼轻情意重"么,这一箱从天而降的神药啊,盛满了首都无数人的最美好的感情，它比泰山还重！

就在同一个时间内

在平陆县城外的圣人涧，四大堆火越烧越旺。人流如春潮，数不清的手电光点缀着夜空，活像国庆夜首都天安门的探照灯光。郝书记、郭县长等都亲赴现场来了。

"看，天上有个亮灯下来了！"突然谁叫。

"那是降落伞，那是神药！"

几千双手高高地举起来，谁都想把这一箱药擎住！人们向飞机、向降落伞此起彼伏地欢呼!

降落伞带着闪闪的亮灯向下飘落!人流追踪着降落伞飘落的方向,跑啊!跑啊!郭逢恒县长向降落伞跑去,劈面碰见了蒲剧演员杨果娃,这是个十六岁的女孩,唱小旦的。她的脸上还抹着红红的粉,戏装也没卸,全是舞台上那个打扮呢!

"果娃,你怎么也跑来啦!"郭县长问她。

"看戏的人都来啦,我怎么不来,来接毛主席送来的神药哇!"说着她又赶忙向降落伞跑去。

降落伞带着药箱安全地着陆了,安

在药箱四角的电灯闪闪地亮着,寨头管理区的社员最先抱住了药箱!几千人簇拥着这一箱药,你刚扛了两步,他抢过去又扛在肩上……

交通局派来的一辆最好的汽车和最好的司机沈宽亮,早已等在县委会门口。药箱放在车上,车就大开油门,向五十里外的张村医院飞奔。俗话说:平陆不平沟三千,这里的山路狭窄崎岖,极端难行,汽车随时都可能发生故障抛锚。沈宽亮早把汽车做了最好的检修,可是他还在想:

"万一出了毛病,我就扛着它送去!"

二月三日,深夜

盼,盼!——在张村公社医院的大门口,社员们,医护人员们正焦急地盼望着……

汽车开来了!——好!

马上拿下药箱。

马上注射。

注射剂十分有效,立竿见影,病人立时止住了疼痛,恢复了神智。医生原来规定,药品不能迟于四日黎明找到,但这药品却在黎明之前就送到了。我们的六十一个阶级弟兄化险为夷了。他们新的更强壮的生命,是党给予的,是同志们用阶级友爱救活的。狂喜从人们的心底里迸发出来……

不仅仅是这六十一个死而复生的人,不,我们每个人都有两次生命。党用它思想的阳光,帮助我们消除旧时代遗留给我们的思想毒菌,抚育我们成为全新的人。

二月五日

红日高照,春光灿烂。

县委书记处书记兼县长郭逢恒及县

里其他几位领导同志，代表县委会和全县人民，率领着县文工团，携带着慰问品，来到了张村公社医院。他们亲自到床边抚慰病人。郭县长见病人已恢复了健康，打心眼里高兴。民工们紧紧地拉住了郭县长的手，不知说啥是好。

民工周满禄，眼眶里噙满滚热的泪，他说：

"万恶的日本鬼子打瞎了咱一只眼，没人管；国民党阎老西杀了咱多少人，苦水往肚里咽！今天，咱这些普通民工闹点病，中央就派飞机救咱们，党和毛主席真是咱贴心的人哪！"

张店公社的老汉吴进喜，从八十里

外赶来看他的儿子吴广新。这时他激动得浑身抖动,拉着儿子:

"小子,在咱这偏僻山沟子里,我想你是没救啦!谁想毛主席在北京比咱老汉还关心我儿!小子,毛主席才真是你的亲爹娘!"

当场,大家都再也躺不住,纷纷爬起来,向郭县长请求:

"为了感谢党和毛主席,感谢首都人民的支援,我们明天就上工!"

郭县长抚慰他们说:"你们要听党的话,好好休息几天!"

第一连连长怎么也按不住心里的那股冲劲,攥着两只粗大的拳头,代表全连的民工向郭县长表示：

"我们一连全体向党和毛主席保证：鼓起最大干劲，把第三连的工全部包下来！"

紧跟着，大家在公社医院的里里外外，在工地上，贴出了几百张大字报表决心；写给党中央和毛主席的信，更像雪片般飞来……

民工们真是说到做到，他们一上工，就由过去每天挖十五方土，增加到挖三十方，工效提高一倍。有的人，更是一天干了三天的活！大家决心提前三个月修好这条支援三门峡伟大建设工程的公路！无数的奇迹在创造着！……

不仅仅是我们的这些筑路民工，不，十二万平陆人，不，六亿五千万中国人，人人心里都燃着一团烈火，这团烈火越烧越旺：对党和毛主席的深沉热爱，化作无穷无尽的力量，人们正在用它加速建设我们伟大的社会主义祖国！干劲冲天地、高速度地建设她吧，这是咱们的靠山，这是咱们永远幸福的保证！

——原载于《中国青年报》1960年2月28日

小丫扛大旗

黄宗英

公社开会休息时,我在篮球架下找到铁姑娘张秀敏。她正和女伴坐在一块儿抢蜜枣吃。我跟秀敏说,要到她们村去住几天。秀敏一对大眼水珠似的朝我一闪,把一颗蜜枣往我嘴里一塞,又用眼尖把她的队员们顺溜一扫,扁起小嘴点点头:"嗯嗾,来呗。我们熬一大锅开水等着你。""干吗?我可没那么大肚子。""美得你,你一进村我们就拿小刀给你宰了,下锅炖了……"我大笑起来:"好劲!不远千里的,我哪阵把你们铁姑娘队给得罪了。""你自己心里明白。"秀敏说着一吐枣核,把我往地下一推:"来啊,姑娘们,胳肢她!"说时迟,那时快,秀敏、玛瑙、珍儿一起动手,庆云想拉架也拉不开,我一下子就陷入了重围。我笑得失了音:"哎呀……讲点风……格呀!……燕子嗳——快来啊!出人命啦……"你们猜,铁姑娘跟我哪儿来的那么大"仇"?却原来:河北省宝坻县大中庄公社,有两面全国知名的大红旗。一是司家庄的燕子队,一是小于庄的铁姑娘队。两个庄相距八里地,是比、学、赶、帮的对手。这一个月我都是住在司家庄,和燕子队员一道干活。我们春播占了第一,政治测验也比铁姑娘队多二点五分,开会的时候,我也常帮燕子队"啦啦"铁姑娘们,所以秀敏"恨"上我啦:"端谁家碗,向着谁。大姐你等着吧!"这小丫!"哎呀……嗨……嘻嘻……"我把蜜枣囫囵吞了,噎得我:"我算认得你啦,铁姑娘,我算认得你啦!"

一

一个大清老早,我来到小于庄。是初夏新雨后,村子就像才洗过脸的小闺女,又鲜活,又干净。

走村串庄的卖油郎把梆子敲得"倍儿"脆,左近又传来"鸡子儿换豆腐""糠皮换大个儿红瓤煮白薯"的叫卖声。卖蛤子肉的也骑着带挎桶的自行车来了。小孩儿们,点着一脸胭脂点儿,扎着冲天辫满街串。姑娘们、媳妇们、老奶奶们,都把一嘟噜一嘟噜的槐花簪在鬓角边、发髻上、辫梢头压香。"嘚!哦!——"一阵驴叫马嘶牛吼,大牲畜出棚了。一个个武大憨粗的男劳力,扛上犁铧,拉起石磙,套着胶皮车集合了。媳妇把吃奶娃过手给婆婆,姑娘们兜里掖上书本,扛起锄头铁锹。打头的老队长,他嘴里叼的那根旱烟袋,像是神奇的"分水棒"。茫茫麦海被破开一条长长的白线,人们走向黑土的沃野。鞭声、吆喝声、笑语声四散开去……

我怎么也想象不出,这里会是满目凄凉的无人荒村。

小于庄是北大洼最洼的地方。解放

前，年年闹水，春种秋不收。土地被邻村地主富农抵债霸占，房屋被日寇烧毁，壮男被官府拉走，破家也被强盗抢空。人们为了求生存，一个个、一家家离乡背井走了。最惨的岁月，有五年之久，村里只剩下两个会出气的：一个是死也难离热土的八十多岁的张景瑞老人，另一个是只小花猫。后来老人把棉絮套子、枕头瓤子也吃了，就孤独地死去。小于庄断了人烟，成了大水漂天中的一叶孤岛。

　　景瑞老人生前可怎么能想到今番这般兴旺光景呢。

小村一迈步就到头了。眼下统共十九户，九十六口人，独姓张，都是清一色的贫雇农，串门甭怕走岔了阶级路线。我一后晌就挨门逐户地混熟了。出身贫穷下苦力的庄稼户，实实在在，嘴对着心直来直去，没虚礼。村里不拿我当外人，我也跟住娘家一样随便。

这天，秀敏才买来一挂新车。歇晌时，要推到村前场上去练。我说我扶着她，她不要："你们谁也别管我，没见骑车的后尾还跟上个赶脚的。"她妈也说："让她去。她就这犟脾气。武打武练地豁出去，没学不会的。没见学车摔死人。"这娘俩一个秉性。

下午耪麦休息时，我们照常往锄把上一坐，秀敏一咧嘴。我问："怎么，摔疼了？"她蹙蹙鼻子："哼嗯，能让两轱辘把人治了？"我说："让我瞧瞧你膝脖盖。"她不答理我，还摘来一片苇叶，卷了个笛儿冲着我耳朵吹，又薅着野草问我："你吃过燕春苗吗？吃过老鸹筋吗？吃过醋柳子吗？……"小于庄的闺女啊，都是吃野菜、树叶、糠饽饽长大的。

晚饭后，她又推车出去，还让我"保证"不准偷偷去看她。

夜里，脱衣上炕时，我听她"嘶拉"了两声，我瞅瞅她，她朝我做怪样，咧嘴笑。我也就不理她。她装成没事似的问:"姐,你那小百宝箱呢?""干吗,要针?要线?配扣子?找发卡?……""都不是。""该不是想吃我的安眠药片吧?""哈哈,我一辈子用不着那金贵玩意,睡觉还花钱买!""那你到底要什么?""你甭管我。"我知道她一准相中了我小匣里的碘酒红药水。我把小匣递给她,只当不懂,蒙头睡大觉。又听她"嘶拉"了好几声,我忍不住笑了,说:"我那药水可焊不住铁,姑娘,你明儿得找铜匠去。"她杵我一拳头:"不许告诉我妈!"

第二天,窗户纸才发白,她早捡回

一筐粪,又从园里刨一篮小水萝卜回来,让我陪她给燕子送去。我前天从燕子那庄来,无意中透露燕子正闹嗓子,秀敏就上了心了。嘿,难道她真学会骑车啦?我说:"八里哪!"她说:"能上去,几里不是一样!"我们一人骑一辆大男平车,她说了声:"姐躲我远点儿!"我们就一前一后上了蓟运河大堤。只见她歪来扭去,左摇右晃,看见对面车来,老远就嚷:"借道!""靠边!"赶车的爷们看傻了眼:"这是谁家闺女!"大堤上,风不敢刮,树叶不敢动,坡上吃草的羊吓得直"咩咩"。秀敏横冲直撞骑到燕子家门口,干啦!她敢情还不会下车，还一个劲往前蹬，直到顶着燕子家院墙，车倒了，萝卜滚了一地，她还高兴地直嚷："大姐，嘿嘿，这不是骑到啦！"到啦，可到啦，这八里地，骑得我出这一身大汗，愣丫头！……呵，小于庄的姑娘骑上自行车的新历史就这样开始了。

二

一天晌午，铁姑娘队的四员猛将——秀敏，庆云，玛瑙，珍儿——带一帮小姑娘，坐在树荫下锅驼机旁，学习《实践论》。为了调动全村青年的积极因素，大家围绕着"主观能动性"这个词儿，七言八语讨论开了。

秀敏说："我琢磨那就是一股心劲儿。就好比一九五八年，党把咱们穷闺女心眼儿里要革命的能动性拨拉出来了；打这以后，咱啥不敢想，啥不敢干？……"

一九五八，一九五八！只要人们曾全身心在大跃进的激流中跋涉过，就永远能从中汲取力量和勇气。

一九五八，一九五八！漫山遍野的土高炉，点燃起社会主义革命的连天烽火。就好像当年的长工们，举起了红缨枪。也许今后我们不会再用土法炼铁，也永远不会再拿红缨枪抗击敌人。可是人们永远忘不了红缨枪和土高炉。只要一提起它来,一股战斗热情从胸中腾起。

铁姑娘没参加过炼铁,可是没说的,铁姑娘是大跃进的时代炼铁炉里炼出来的。

一九五八年。珍儿十五岁,秀敏、玛瑙十六,庆云顶大才十七。姑娘们告别了街邻父老,来到新成立的人民公社的羊毛厂。好像鸟儿初学飞,第一次知道天地比她们的小窝大;这天地又和她们扯着母亲衣裳角要饭讨口的时候多么的不同啊。当人们知道她们是小于庄

"花子营"出来的闺女,都用怜悯的眼光抚爱她们。有的婶子心疼地塞给她们几块饼干:"吃吧,恒是从小到大不知它是啥味儿吧。"有的大娘抽烟省下半匣火柴,说:"闺女,揣着吧。"这一带人人都知道,老过去小于庄一村人买不起一匣火柴,连收破烂"换取灯儿"的也不走村前过。远近几百里都背得出,小于庄早先全村只十六间秫秸夹泥破草房,四个门口。一共六条用麻袋片连成的破被……数一数,哪一项都是占着大数呀:村里外出流浪的十三个人要饭,十九个人扛活,十四个人拉洋车,两个人下煤窑,一个人卖苦力……其中二十三人冻饿而死，十七人下落不明。谁家的大人没受过地主恶霸流氓兵痞的横抢暴夺打骂侮辱。谁家生的孩子不是一担子挑出去，才会爬就去捡煤渣、拾菜皮，小手拎起讨饭罐子。

解放后，一九五〇年，党和政府修了潮白河，垫高蓟运河大堤，建起宽江扬水站。小于庄可以收成了，人们陆陆续续回到家园。可是房子没了上盖，炕头长了小树，到处是荒草野坡。党像亲娘一样，没有种给种，没有粮给粮，天冷送来寒衣，缺粮拨来救济款。小于庄人心上记下了新的数字，记住了天下没有任何计量单位可以估量的党的恩情。

姑娘们那阵都还小。只见村里伴儿多了，锅里粥浆点了，大人脾气顺点了，少挨骂了，打心眼儿里欢喜的不得了。穷村苦庄的孩子，也有她们的童年，也上树，也抓子儿，也打架。有时也今天她不跟她玩了，明天她又不跟她说话了。直到她们结伴来到公社，才忽然觉出自己是大姑娘了。在那么多陌生的好心人面前，她们被一根穷绳牢牢扎起。穷、穷、穷，穷得抬不起头，穷得挺不直腰，穷得说话不出声。羊毛厂的羊毛暖和和，新社会的人情热火火，可是穷字扎心啊。不缺胳膊不短腿的年轻人，怎能总是接受别人的怜悯，怎能总是伸手向国家要救济。旧社会逼得走投无路沦为花子,难道新社会还脱不掉这身花子袄?四个姑娘心里挂着同一件大事,四个姑娘心上扣着一式的闷罐子:"哪天揭掉咱村的穷名呢?"

大雁高飞半天云,

毛主席领导咱们大翻身。

在公社化的第二个春天,当时小于庄唯一的党员,秀敏的哥哥张庆贺,带回党的指示:号召学习建明社"穷棒子"精神,发愤图强,穷队赶富队。

秀敏一听,心里直唤:"毛主席啊,

您算说到咱穷闺女心坎里了。我们小于庄比什么穷棒子都穷。受苦的孩子没啥本事,有的是力气,党说咋干就咋干!"

可是那时候,全村只十四个整、半劳动力,耕种着四百二十九亩土地。其中四个劳动力长期支援密云水库工程。剩下十个劳动力,平均每人担负四十多亩地。而在十个劳动力中,就包括这四个姑娘和两个年轻媳妇。

老队长磕打磕打烟袋说话啦:"咱村就是荒地多,早先谁要开出一块,就送到地主嘴里一块肉,自己心里又舀一碗血。今天,开出一块,咱庄稼人就多一块长粮食的宝地。咱小于庄要由穷变富,除非是把村南那大片荒地开出来。"

秀敏听说有了道道,高兴得什么似的:"开!"

老队长看看她,慢悠悠地喷了几口烟,吐出半句话:"只怕是老虎拉车——"

秀敏问:"咋说?"

老队长答:"没人赶(敢)!"这一老一少说话口气,像摔跤的搭手问劲儿,相住了。

秀敏看看她的伙伴,只见庆云、玛瑙都严肃地攒紧小眉毛,珍儿瞪着圆圆眼。

"我们就敢!"秀敏说出姑娘们共同

《小丫扛大旗》
作家出版社1964年版

的心愿。

姑娘们都嚷开了:"对,我们敢!""看能把谁吃了?""上!"

庆贺看看妹子们,虽说穿得不济,到底也还是细女娇娃。他和老队长一碰眼神,低下头,慢丝丝地说:"还得掂把掂把,只怕不够成色。"这副架势,话里有话。

"啥成色不成色?哥你倒说说,你别闹封建。"秀敏急了。

哥可不慌不忙:"这不是'过家家'玩,开个三天两早晨,泄劲了,还让我'绑'你,那可不中。"这话有典故,早先,秀敏的爹因为村里闹土匪,他护村被火枪伤了身体,不治而死。那阵,庆贺才八九岁,领着四五岁的妹子侍弄庄稼。天一傍黑,秀敏就不愿意再薅草,净惦着回家。哥说:"咱没爹,妈有病,咱不干,吃啥?"一回,秀敏哭着非走不可,哥又怕她遇上野狗吓着,自己又要干活,就把秀敏用高粱叶子绑在高粱秆上,秀敏直嚎。直到妈找来了,娘仨孤儿寡妇在地里抱头哭起来。

一提这话,秀敏大眼水亮。就在这一秒钟之内,她心头翻腾起从娘胎里就继承下来的阶级苦,想起了全家全村祖祖辈辈的血泪仇。纵有千言万语,并不成一句话。只道:"……我是说正经的，哥。"

庆贺把眼盯住她："我也没开玩笑，好妹子。只是这片荒地几十年没人动它了。眼下春耕，归总全村三头小毛驴，四张耰子，劳动力都占着还不够……"

秀敏把话截住："咱们白天拉犁种地，一早一晚开荒。"

"那荒地怕杀不下犁。"老队长说。

"我们使大镐刨，看谁硬过谁！"秀敏说。

庆贺笑了："你们都还太小，力气还没长全……"

轻易不大言语的庆云插嘴了："苦水，咱可没少喝，骨头并不软。"这姑娘的母亲双目失明。庆云还没炕沿高，就得帮瞎妈妈烧火，洗菜，抱弟弟。七八岁上就饿着肚子离村十几里去讨饭，拾柴，捞点大水漂来的苇子末、蓬蒿渣。她深深懂得什么是旧社会，什么是新社会。

老队长显然是被姑娘们感动了，可是他还不放心："我不是吓唬你们，荒地上那旺根草入地三尺，它龙盘虎踞霸住小于庄一方，几十年没人戳它一指头。那可是咱村的穷根子。"

秀敏说："咱们正是要找上这穷根算总账。"

老队长说："包子有馅不在褶多，光

由嘴说不算能耐。"

秀敏站了起来："来吧！就让土地爷考考咱是块啥料！"

庆贺说："真有志气，就把这穷根挖得一根不剩。"

秀敏头一扬："从今年起再不吃救济粮，永世也不再穿救济衣。"

玛瑙噘着嘴："人人都大跃进，我们就不兴大跃进了。咱们走着瞧，看我们够不够成色。"玛瑙也是吃千家馊粥、万家剩饽饽长大的，只是偏起了个娇宝贝的小名。

珍儿伸着小细脖儿："嗳。看。"

春风雨露阳光下，被火燎、刀砍、

水淹、霜打过的小树，要爆芽，要抽叶儿，要吐骨朵，要开花。

庆云说："咱们组织起来，就起名挖穷根突击队，中不中？"

"中！"姑娘们一致赞成。那两个媳妇也跟上来了，"算我一个！""可别丢下我！"

这场"摔跤"式的谈判，姑娘们赢了。"挖穷根突击队"就由这六员女将组成了。

说干就干。"拿大镐去！"

秀敏她们走出门口，回头瞧见老队长拿烟袋砸他哥脑瓜，两人咋笑起来了？

"瞧着吧,死也死那块地里去。"秀敏咬一咬牙,她算铁了心啦。

一天,两天,三天,突击队员们手上起了泡,虎口震裂了。

四天,五天,六天,突击队员回家吃不下饭,晚上上不去炕。

七天,八天,九天,一个媳妇病倒了,一个媳妇家里说什么也不让出来干这"白搭工"的活了,珍儿的妈也要拿锁把珍儿锁起来。

四外里走过的农民有的称赞说:"人穷骨头硬,有志气。"

可也有人说:"三天看媳妇,百天才

看孩儿。小于庄闺女是不是好样的,还得往远了瞧。"

西村的富裕中农发话了:"小于庄几个黄毛丫头,想脱'花子'袄?我算准了,井底的蛤蟆飞不上天。"

东村的地主暗地笑:"早先那块荒滩,白给我都不要,有车有马治不了,几个女流还能成得了气候?"

南村的媒婆献殷勤:"挺水灵的闺女,早点找主儿嫁了吧,省得受这份罪,哪庄也比这庄强。"

北庄的阴阳先生掐指算:"小于庄转运还得过一个甲子。"

············

小于庄，小于庄，党帮助你跨过了四面大水围村八方欺压凌辱的苦难，如今，生产斗争阶级斗争的狂风巨浪，还在考验你这清一色贫雇农的生产队。

这一天，刮大黄风，沙土照脸上直打。荒草被风吹得呜呜呼叫，天昏地暗。滩里看不见啥人，只有来往的大车偶尔从远远的堤上赶过。小玛瑙的左眼让沙子迷了，就坐下来揉眼。她眯缝着一只右眼，看着脚下开出来的小片生荒，还有那望不到头的大片野草，而身边连自己只四个小土人儿，身子让风吹得摇摇晃晃。于是，她那只右眼也不肯好了,眼泪唰唰地流下来,鼻子一抽嗒一抽嗒。

庆云回头问:"怎么啦?"

小玛瑙委屈地说:"人家都说不行,咱生说行,你看这……"

秀敏赶忙四边望望说:"又哭,你就会哭。哭也别在外头哭,让人家瞧见,更该数落个没完了。挺住了,咱们就是得让不行的事行通了。"

小玛瑙怯怯地说:"我才不想哭,就是……鼻子它自己发酸……呜……嗯……"

珍儿也早蹲在一边抹泪儿呢。

秀敏又急了:"咋啦,咋啦,今儿个

都咋啦?"

"……我就哭半会儿……"珍儿把脸蒙起来,"……有草挡住……瞧不见,呜呜……我累得慌……"

庆云走过来,在她俩身边坐下,撕了块破袄襟子,给妹妹们手上再缠一层,说:"累得慌,你们就都歇歇吧,啊。"她磕磕鞋坷拉里的沙土,扛起镐,往前走去。

秀敏迎着风站在那儿,她咬住干裂的嘴唇,鼻子也发酸了,心里想:党号召学"穷棒子",就是要学不怕难,不怕苦呵。她的目光扫过大片的荒野,话从牙缝里迸出来:"咱是背水一仗,没有坡退。咱们不能再一世穷下去。穷根子,你个小兔崽子!"闺女早先要饭时,爱说粗话,眼下到节骨眼儿的时候还是管不住口。她咬牙揪去满手连片大泡的腐皮,攥住带血的镐把,就咔咔地刨起来,一下一句:"你个小兔崽子,你个小兔崽子!……让你挡道!……你拣我们好欺侮啊。你!……"

"咔……咔……"庆云刨地的响声像回音一样在前头应着秀敏的。

"咔……咔……咔……"身后又一把镐擂起了地鼓。

"咔……咔……咔……咔……"玛瑙、珍儿红着眼泡都赶上来了。"咔咔咔咔咔咔……"关不住的媳妇也溜进了队伍。这"咔咔"的响声,像仙女撒出的"定风珠",黄风不知什么时候不再逞强了。月亮提早出来为她们照亮,太阳还不肯下班,尽量把金红的光圈越放越大。老队长和庆贺才耕完熟地,也架着耧子朝这边来了。茫茫四野,只见几个小黑影儿在修理地球。天,不能安。地,不能静。荒滩,再也不能不醒醒。

这一年,秋收时候,新开出的五十六亩荒滩,没有辜负突击队员的血汗,献出了够全庄四个月吃的口粮。

这一年,姑娘们去大洼割草三万多

斤,给队里买来一头毛驴,一只船。

这一年,姑娘们整个夏天没有歇晌,晚上也不乘凉,钻在帐子里,千针万线纳出四百多双鞋底,为小于庄买来历史上第一头大黄牛。还有二十只小猪、二十只兔。

这一年,一九五九年。小于庄第一次向国家上缴公粮啦!

送公粮的时候,洼里还淤着秋雨后的积水,北风乍起,从村边到大道上,有三里地车船不能进。粮食得趟水送出去。村里人形容:"丫头们不知啥叫冷,才出炉的红铁,跳水里嗞嗞的,脑顶上冒热气。"

这村论辈也没那么多盛粮食的口袋,就把单裤夹裤都翻腾出来了,两腿一扎,灌得鼓鼓的,往肩上一扛,村里老老少少都出动了。上年纪的人早煮好了鸡蛋,烙好了饼。就像早先过"八路",村头小埝上站着老人娃娃,喧嚷着,欢叫着,招着手给送粮队助威。远近几村的人都赶来瞧热闹。

"咱村也缴上公粮了。"

"咱村也支援社会主义了!"

……

珍儿、玛瑙把水花趟得乱溅,庆云比谁扛得都多。秀敏在开荒时"酸鼻子"憋回去的那两股热泪,这工夫畅快地流下来了,可谁也没经意,谁也顾不上瞧。

三

小于庄一年变穷村为富队的奇迹,震动了宝坻县,震动了河北省,震动了全中国。

小于庄"挖穷根突击队",赤手攥空拳,在一年之内,跨过一个世纪。红心铁骨,壮志凌云,被光荣命名为"铁姑娘"队,誉为祖国社会主义建设打冲锋的红旗手。

十七岁的张秀敏第一次参加了省的

农业先进会议。第一次穿上一身表里三新的青棉裤棉袄,扎裹得像个小新郎官。会上要请铁姑娘介绍先进经验。一天,秘书处一位女同志到秀敏住处来了。那女同志看样子是学校才毕业到机关工作的吧,很是年轻,热情,活泼。她一见秀敏就说:

"秀敏同志,你那发言稿哪?"

"啥?啥镐?"

"讲话的稿。"

"讲话还带镐?"

"不用稿也得有个提纲吧?"

"啥缸?"

"拿张纸把你要说的内容大概写下

来，提防忘了，说溜了。"

秀敏一听说"写",愣了。她扛着个脖子："我不会写。"

女同志看看她,笑着说："别客气,这么吧,你大致把你们都干了什么事顺一遍,我帮你理理,也约莫掐掐时间。"

女同志感动地听完秀敏讲述的一切："行,好极了。我看可以分三个段落讲。那——那——把小时候斗嘴打架的事儿省略掉,中心思想重点突出。这记录提纲,你拿着参考。画红杠杠地方要加重语气。"

等女同志招呼秀敏上台时,发现提纲上有斑斑点点泪痕,秀敏并没有把它带上台。女同志才真的明白这位扭转乾坤的女英雄,这个两眼饱含智慧极为聪明伶俐的姑娘,原来是个一字不识的文盲。

但是不必担心。秀敏不会说溜,更不会忘。穷村苦庄的孩子,只认一个理,就知道一条道,跟定毛主席革命到底!

小于庄的姑娘刚扛走了一座"穷"山,可是一座险峻的"白"山又横在前进的征途上。

把小于庄的文化史说给二十年后的中国孩子听,一准以为我是在编民间传奇。

"从前哪,小于庄全村没一个识字的……"

孩子们会问:"初小也没有吗?""没有。""谁当会计呢?""没人。""谁出黑板报?""用不上。""那不闷死人啦。"真的,这就跟说全村都是瞎子一样的不可信。可这的的确确是真的。

眼下铁姑娘收到全国各地青年来信,一麻袋一麻袋顶着房梁。解放前,可没人给小于庄寄信。万一不知何年何月何人辗转捎回封信来,这就是全村一件大事。全村都嚷开了。炕头上地头上大伙儿传着看,传着猜。他说:"去找孩子他姨村里表叔的大姈子给认认吧。"她说:"还是找我娘家远房大爷邻居的干儿子,人家走京闯卫见过世面,念得明白。"有人提醒:"大后天,北王庄王老爷要到南边修坟地,雇十个做小工的。咱去了,相机行事,求风水先生行个方便……""喊,你不花钱送礼,先生还不把它当黄表烧了。"你们看,一封信,把全村好汉难住了。

解放以后,人家村实行民主选举都投票,他们村只能数豆。有时区里乡里给送来张表格,小于庄总是带着张嘴去跑腿儿,请文书一格格问了代填。

张庆贺那时候才十二三岁。已经是

庄稼地里一把好手。村里上年纪的人，都说这孩子有心胸，有出息。众人商议："咱村总得栽培个文武双全的当家人。"于是庆贺决定去邻村的小学读书。庆贺小肩膀上早扛着全家的嚼口，后来邻村办起民校他就改上民校，可以不误干活。冬天下大雪，天上没一颗星，地上没一盏灯，连狗也不叫，庆贺照样披上条麻袋，踩着冰碴不误一堂课。

以后，区、乡再开什么会，从组织初级社、高级社到人民公社，都是派庆贺去。人们叫他小代表，小会计，小村长……他第一个在区上参加了青年团，参加了共产党，把党的各个时期的政策、指示、战斗任务带回本村。现在，全村已有九名共产党员，十九名共青团员，庆贺担任党支部书记，是全县最年轻的书记。生产大队长张德永，六十岁了，大家叫他老队长，这一老一少搭配得很得手。

一九六〇年，上级组织考虑到小于庄文化的落后状况，决定给他们派一名教员。一个师范毕业生，年轻的共产党员，放弃了在区中心小学教课的优越条件，来到这背脚的小村。白天在一个课堂里教一、二、三、四年级混合班，晚上就给铁姑娘队扫盲。我到村里几回，可都没瞅见过他。秀敏说："你想见我们刘老师？不易。"这老师平时腼腆得像个新媳妇,学生可都服他管。四年来,小于庄一直坚持"铁"民校,闲不垮,忙不断。她们以大战生荒的精神,一笔一画、一字一句地开拓文化的新地。从一字不识,到今天有了小学六年级程度。她们终于能够亲手抚摸阅读《毛泽东选集》金灿灿的篇章,犹如猛虎添了翅膀,生铁将炼成纯钢。

四

一九六四年二月,近春节边上,我又来到小于庄"串亲戚"。是运电线杆子的大车顺路把我捎去的。一路上飘着小雪花。我跨进秀敏家门,只见当院里上着木架子,院角冷锅里躺着一口正在刮毛的大肥猪。嫂子迎着我说:"早起秀敏还念叨你,你就来了。"大娘用撢把抽打我身上的雪,问我:"准是打侯隽那儿来吧?这样的高中学生咋不给咱们村拨俩仨的来?"是去年,本县又出来一名红旗手,从北京来宝坻豆桥落户的高中毕业生侯隽,成了庄稼人心尖上口头上常念叨的好闺女。我说:"老队长大小子高中毕业不是家来了吗?初中的,你们也有七八个了吧?""再多不嫌。""等着,过了春节,天津要来一批，听县上说有你们十个，小于庄日子可越过越热闹了吧。"大娘又问："鼓动侯隽给我们丫头下战表，也有你一份吧。"我忙说："我不知道。"大娘点点我："你可留点神。她饶不了你。"我哈哈大笑，问："秀敏哪？""都在屋里做活哪。真格的，咋不出来接大姐。"北方闺女十冬腊月要赶出四季衣裳和一年穿的鞋来，铁姑娘们还义务包着全村五保单身老汉的针线。够忙活的。我掀门帘进屋时，做好了挨鞋底的自卫准备；没想到姑娘们手里拿着活计，都横七竖八地倒在炕上睡着了。大娘怜惜地轻声说："哟，我说今儿怎么老实啦。打了几宿夜工,刚把队上编苇帘子的副业'超'了。也不盖点,这不找冻着。"说着老人家就爬到炕上去,我还当是她要拉被窝给她们盖,也凑上去想搭把手。哪知大娘从炕角抄出把小笤帚来,照着秀敏后脊就一笤帚疙瘩:"快起!"接着就一人一下:"醒醒喽!起来!雪住了,还不当街扫道去。"

我一边使着嫂子给我端来的滚烫的热水洗脸,一边笑说:"这下我明白了,铁姑娘敢情是拿笤帚捶出来的。"秀敏揉着眼,码齐被垛说:"我这会儿没工夫理你。本来节上想宰了你,算算不足斤两。姐,你猜我们今儿杀的猪多少斤?""够个儿。""一百八十斤,算小猪。这一腊月一小村杀了六头了。"我问:"这被褥也是新的吧?""嗯嗪,添了两床。"玛瑙接茬说:"这一冬,数我们家添得多,买了一百九十尺布,妈说打老祖起没穿过这么多。秋上我们卖余粮你咋不来瞧热闹,过不完的车。"姑娘们说说笑笑回家背大扫帚去了。

小于庄如果想把日子过得更富裕些是完全不成问题的。可是至今秀敏家还住着草顶的房,门框上还留着当年土匪大刀砍裂的痕迹。几年来,小于庄接待了上千批来客,可是干部们没陪客吃过一顿好饭。去年,铁姑娘队离村十二里外出打草，队里批给每人每天五角伙食补助。铁姑娘们没要，只带去高粱米，买了一斤盐、一斤咸菜、一捆青菜。听说省里有地方闹了灾，他们踊跃缴售余粮，都说："想想头几年咱闹饥荒，还不是政府把粮食给咱送家门口来，现在咱小于庄有余了，可不能把良心往胳肢窝里掖。"五年来，别看村子小，缴公粮和售出的余粮二十多万斤。他们把灾区寄养的牲口喂得膘肥毛亮。秀敏外出开会，打扮得头是头，脚是脚；回家新衣服一扒，就下地。干起活来，浑身劲头都上来了，狼狼虎虎喊嚓咔嚓，完全一副贫农女儿的本色。

我看着秀敏说:"我在天津听见你和燕子、侯隽……在省团代会的讲话录音了。说得又朴实又有劲。我很感动。"她又冲我蹙蹙鼻子。

这时秀敏的妹子秀香撩帘进来,招呼过我,就问她妈:"我那《愚公移山》哪?"大娘掀起柜,把一本毛主席著作的单行本递给秀香,看着她走出去的背影对我说:"这不,小一号的都续上了,秀香、蓉儿、小芬……都绑钉着学,绑钉着干哪!"

我问:"大娘,登您闺女相片那份报您瞧了没有?头发剪短了,像个人了。"

大娘说:"我不瞧那个。别人夸,外

头夸,那是树旗儿。扎花绣朵也得替个样儿,万事总有个打头儿的。姐当面可别夸她,家里不兴夸!看夸裂了,更该自愿撒娇了。"

"打哪儿冒出个自愿撒娇?"秀敏从门后抄起根扎枪来,"那叫骄傲自满。我的妈,人家着急还来不及哪。"说着,拉着我手走到当院,揭开覆雪的窖帘,探进枪去扎了个"心里美"大萝卜上来。嚯,这一窖的白菜、萝卜、白薯……

"今儿不给你号饭,就在家吃饺子,我给你浇几个糖醋白菜心。吃完饭,上俱乐部参加我们青年科学技术研究站的成立会。"

晚上，因为我串了几家门儿，到俱乐部晚了些。庆云已经在宣读侯隽的向科学进军的"战表"了。村里年轻人都在，还有支书、老农都参加了。看来是秀敏在主持会议。可是她也没个主席位置。她一会儿蹲在炉火前，一会儿坐在桌子上，一会儿站在窗前往外看。

我看着秀敏和她的战友：原先那最爱哭的玛瑙，得了个外号叫"小精细"，人家说她心里有十七颗钻，啥要紧事托给她，都不会误。为了搞好生产，她永远像一只自动小闹表。她的心比玛瑙还红，她是新社会的宝，党的宝。

珍儿，早先像圆木作里没旋对尺寸的小人儿，哪儿哪儿都又圆又细。如今人称"劲大力"了。挖河抬土啥的，别人一趟六七锨，她非让装上十来锨不走。

庆云外号最多，有叫"智多星"，有叫"主意疙瘩"，仔细算算，铁姑娘队的大事，她拿主意的居多。说她是铁姑娘队的"女政委"最恰当不过。小于庄的年轻人，就好像牢固的经线，秀敏就是那穿梭的纬线，她从中央、省、县、公社的党团组织带回金色的理想，五彩的前途，织呀，织呀，永远织不完。

会上，从北京来的高中毕业女学生

侯隽,代表豆桥全体青年社员,向铁姑娘队挑战,说要在秋天把科学实验成果送给小于庄。

接过"战表",该秀敏说话了。她现在可以一目十行地看人家的挑战书了。可是她没看。却像是心事重重一本正经地问:"眼下就要过年啦,咱村还有困难户没有?大伙儿想着报一报。"

珍儿笑说:"你这主席扯哪儿去了。这不家家都明灯亮火剁馅和面呢嘛。您老别走题儿。"把大伙儿都逗笑了。

秀敏点点头,接着说:"咱们还记得老一辈人说的那事吗?有一年也是快过年了,也下大雪,地主老财拿七块高粱饼子换走了咱三个姑姑。"秀敏的语音有点发涩了,炉子里的煤火噼啪地爆响着。"可现在咱们吃的穿的缺哪样呢?哪样也不缺。"她的声音一下子又亮堂起来:"可是咱们不是光为了这个活着!"这时候,她才把那张"战表"举起来一拍打,说:"我说同志们,好兄弟,好姐妹。祖国各地好样的青年,有的跑在咱们前头十万八千里,有的紧撵脚后跟。现在,豆桥要给咱小于庄送成果,这是人家的共产主义风格。咱们咋的?咱小于庄青年人,听党的话过五关斩六将闯过来了,如今能让科学这玩意儿把道儿给截住?眼看人家攀高峰,咱们在下边背阴里凉快着?想想老过去,想想'三分之二',咱们是撂台?还是拿出'不到长城非好汉'的劲头来!咱们今儿就讨论讨论这个题儿。"于是又一根耀眼的丝线穿进小于庄年轻人的生活里来。

回家时已很晚了。大娘还没睡,早给我们铺好了被,炕当间挤着张小桌,大娘知道我夜里要写稿。

大娘指使秀敏:"那洋油瓶子你撂哪儿啦?给姐把灯灌满了。"

"啥?"

"叫你灌洋油。"

"啥？"

"这丫头聋了咋的？"

"咱中华人民共和国不使洋油咪。"

大娘拍腿笑起来："可不是，大姐，刚听了报告又忘了。这闺女就会捉我的短。反正快来电啦。你甭以为比妈啥都知道多，要说大学解放军，我们老奶奶组都说，还要认着那老八路的脚印走哪，为了'三分之二'谁也不能含糊了。"小于庄一个时期有一个时期流行的口头语。早先是"穷村赶富队"，后来是"建设社会主义"，如今又发展到"三分之二"了，就是要为了天下三分之二被压迫的人民，为了世界革命而奋斗。

大娘说着抓一把转日莲子,出屋在灶炕里炒好了,又掏出一盆红火,搁在我脚跟前,她们娘俩就都躺下了。

我铺下稿纸,端详着秀敏的睡脸。是谁给了这贫农的女儿以铁般顽强的意志和信念?我又怎样才能准确地勾画出这个党的亲女儿的形象?画出她那纯真的眼睛里火热的阶级感情?我该怎样记下和她相处的一切感受和启示?怎样改造自己缩短差距,才能探到她内心丰富的源泉?她曾说过:"党说的每一句话我们都爱听,党让我们做的每一件事我们都爱做。"只有党的嫡亲女儿,才能说出这样质朴动情的话,只有血管里流着无产阶级鲜红热血的共产党员,才会说出这样披肝沥胆的话。这样的女儿,为了党的事业,在战争年代可以冒枪林弹雨冲锋陷阵;可以面不改色卧敌人的铡刀。今天为了三大革命运动,为了无产阶级革命的彻底胜利,党指向哪里,就攻向哪里,高举红旗,勇往直前……我试着写啊写的,我忘了时间,竟然也忘了自己是坐在炕头上。忽听得秀敏叫我:"姐!"我吓一跳。"怎么你还没睡着?"她两颊升火,两眼虎虎有神,问我:"你那安眠药我能吃吗?"我笑说:"怎么啦姑娘,你不一辈子用不着吗?

想啥啦?"秀敏靠在方枕头上,用裸露的胳膊支着头说:"闹不清。这心里老一出一出地过戏,自己跟自己说话儿。"她从枕头底下把一份伙伴们拟好的"战表"递给我。那上边详细地写着小于庄青年今年秋天要送到司家庄邢燕子队的科学成果,建议的协作项目,以及有关种子、土壤、作物管理、除虫等试验措施和保证。

我把灯吹了,在她身边睡下。她心里过她的戏,我心里也过我的戏,谁也没跟谁说话。夜真静……

"赶明年再到咱村来……"

咦,不说都不说,要说两人一块儿

说，还说一样的话，我们笑个没完。也闹不清是什么时候睡着了的。天才亮，我们就都起来了。秀敏向科学研究站的新任保管员张秀香（就是妹妹）领来钥匙。我们踏着下了一夜的厚厚的白雪，来到童话般的小屋。推开门，里边一屋子玻璃瓶、玻璃管、酒精灯、烧杯、显微镜、放大镜，满墙的科学挂图……我们轻手轻脚走进去。

秀敏说："姐，你瞧这大老些。它们认得我，我不认得它们。我连这种子瓶是倒着搁正着搁都拿不准。"

初升的太阳，反射着雪白的大地，照进了小屋，一屋子的玻璃器皿，闪烁着奇异的严峻而热烈的光彩。秀敏举起一支测量仪,对着光仔细地察看。她咬咬嘴唇,说:"科学啊,你个小兔崽子。我不能让你扎了脚心,你可是捏在我的手里。"

在这座小村、这间小屋、这个小窗前,一个中国农村姑娘在测天量地,她看到了整个的世界。胜利属于永远革命的青年。

一九六三——一九六四年,从春天到春天

——原载于《人民文学》1964 年第 4 期

★

县委书记的榜样——焦裕禄

穆青　冯健　周原

―――――――

一九六二年冬天,正是豫东兰考县遭受内涝、风沙、盐碱三害最严重的时刻。这一年,春天风沙打毁了二十万亩麦子，秋天淹坏了三十多万亩庄稼，盐碱地上有十万亩禾苗碱死，全县的粮食产量下降到了历年的最低水平。

就是在这样的关口，党派焦裕禄来到了兰考。

展现在焦裕禄面前的兰考大地，是一幅多么苦难的景象呵！横贯全境的两条黄河故道，是一眼看不到边的黄沙；片片内涝的洼窝里，结着青色的冰凌；白茫茫的盐碱地上，枯草在寒风中抖动。

困难，重重的困难，像一副沉重的担子，压在这位新到任的县委书记的双肩。但是，焦裕禄是带着《毛泽东选集》来的，是怀着改变兰考灾区面貌的坚定决心来的。在这个贫农出身的共产党员看来，这里有三十六万勤劳的人民，有烈士们流鲜血解放出来的九十多万亩土地。只要加强党的领导，一时有天大的艰难，也一定要杀出条路来。

第二天，当大家知道焦裕禄是新来的县委书记时，他已经下乡了。

他到灾情最重的公社和大队去了。他到贫下中农的草屋里、到饲养棚里、到田边地头，去了解情况、观察灾情去了。他从这个大队到那个大队，他一路走，一路和同行的干部谈论。见到沙丘，他说："栽上树，岂不是成了一片好绿林！"见到涝洼窝，他说："这里可以栽苇、种蒲、养鱼。"见到碱地，他说："治住它，把一片白变成一片青！"转了一圈回到县委，他向大家说："兰考是个大有作为的地方，问题是要干，要革命。兰考是灾区，穷，困难多，但灾区有个好处，它能锻炼人的革命意志，培养人的革命品格。革命者要在困难面前逞英雄。"

焦裕禄的话，说得大家心里热乎乎的。大家议论说，新来的县委书记看问题高人一着棋，他能从困难中看到希望，能从不利条件中看到有利因素。

"关键在于县委领导核心的思想改变"

连年受灾的兰考,整个县上的工作,几乎被发统销粮、贷款、救济棉衣、烧煤所淹没了。有人说县委机关实际上变成了一个供给部。那时候,很多群众等待救济,一部分干部被灾害压住了头,对改变兰考面貌缺少信心,少数人甚至不愿意留在灾区工作。他们害怕困难,更害怕犯错误……

焦裕禄想:"群众在灾难中两眼望着县委,县委挺不起腰杆,群众就不能充分发动起来。'干部不领,水牛掉井'，要想改变兰考的面貌，必须首先改变县委的精神状态。"

夜，已经很深了，焦裕禄躺在床上翻来覆去睡不着。他披上棉衣，找县委副书记张钦礼谈心去了。

在这么晚的时候，张钦礼听见叩门声，吃了一惊。他迎进焦裕禄，连声问："老焦，出了啥事？"

焦裕禄说："我想找你谈谈。你在兰考十多年了，情况比我熟，你说，改变兰考面貌的主要问题在哪里？"

张钦礼沉思了一下，回答说："在于人的思想的改变。"

"对。"焦裕禄说，"但是，应该在

思想前面加两个字：领导。眼前关键在于县委领导核心的思想改变。没有抗灾的干部，就没有抗灾的群众。"

两个人谈得很久，很深，一直说到后半夜。他们的共同结论是，除"三害"首先要除思想上的病害；特别是要对县委的干部进行抗灾的思想教育。不首先从思想上把人们武装起来，要想完成除"三害"斗争，将是不可能的。

严冬，一个风雪交加的夜晚，焦裕禄召集在家的县委委员开会。人们到齐后，他并没有宣布议事日程，只说了一句："走，跟我出去一趟。"就领着大家到火车站去了。

当时,兰考车站上,北风怒号,大雪纷飞。车站的屋檐下,挂着尺把长的冰柱。国家运送兰考灾民前往丰收地区的专车,正从这里飞驰而过。也还有一些灾民,穿着国家救济的棉衣,蜷缩在货车上,拥挤在候车室里……

焦裕禄指着他们,沉重地说:"同志们,你们看,他们绝大多数人,都是我们的阶级兄弟。是灾荒逼迫他们背井离乡的,不能责怪他们,我们有责任。党把这个县三十六万群众交给我们,我们不能领导他们战胜灾荒,应该感到羞耻和痛心……"

他没有再讲下去,所有的县委委员

都沉默着低下了头,这时有人才理解,为什么焦裕禄深更半夜领着大家来看风雪严寒中的车站。

从车站回到县委,已经是半夜时分了,会议这时候才正式开始。

焦裕禄听了大家的发言,最后说:"我们经常口口声声说要为人民服务,我希望大家能牢记着今晚的情景,这样我们就会带着阶级感情,去领导群众改变兰考的面貌。"

紧接着,焦裕禄组织大家学习《为人民服务》《纪念白求恩》《愚公移山》等文章,鼓舞大家的革命干劲,勉励大家像张思德、白求恩那样工作。

以后，焦裕禄又专门召开了一次常委会，回忆兰考的革命斗争史。在残酷的武装斗争年代，兰考县的干部和人民，同敌人英勇搏斗，前仆后继。有一个区，曾经在一个月内有九个区长为革命牺牲。烈士马福重被敌人剖腹后，肠子被拉出来挂在树上。……焦裕禄说："兰考这块地方，是同志们用鲜血换来的。先烈们并没有因为兰考人穷灾大，就把它让给敌人，难道我们就不能在这里战胜灾害？"

一连串的阶级教育和思想斗争，使县委领导核心，在严重的自然灾害面前站起来了。他们打掉了在自然灾害面前束手无策、无所作为的懦夫思想，从上到下坚定地树立了自力更生消灭"三害"的决心。不久，在焦裕禄的倡议和领导下，一个改造兰考大自然的蓝图被制订出来。这个蓝图规定在三五年内，要取得治沙、治水、治碱的基本胜利，改变兰考的面貌。这个蓝图经过县委讨论通过后，报告了中共开封地委，焦裕禄在报告上，又着重加了几句：

"我们对兰考的一草一木都有深厚的感情。面对着当前严重的自然灾害，我们有革命的胆略，坚决领导全县人民，苦战三五年，改变兰考的面貌。不达目的，我们死不瞑目。"

这几句话，深切地反映了当时县委的决心，也是兰考全党在上级党组织面前，一次庄严的宣誓。直到现在，它仍然深深地刻在县委所有同志的心上，成为鞭策他们前进的力量。

"吃别人嚼过的馍没味道"

焦裕禄深深地了解，理想和规划并不等于现实，这涝、沙、碱三害，自古以来害了兰考人民多少年呵！今天，要制伏"三害"，要把它们从兰考土地上像送瘟神一样驱走，必须进行大量艰苦细致的工作，付出高昂的代价。

他想，按照毛主席的教导，不管做什么工作，必须首先了解情况，进行调查研究。"没有调查就没有发言权"。要想战胜灾害，单靠一时的热情，单靠主观愿望，事情断然是办不好的。即使硬干，也要犯毛主席早已批评过的"闭塞眼睛捉麻雀""瞎子摸鱼"的错误。要想战胜灾害，必须照毛主席的指示办事，详尽地掌握灾害的底细，了解灾害的来龙去脉，然后作出正确的判断和部署。

他下决心要把兰考县一千八百平方公里土地上的自然情况摸透，亲自去掂一掂兰考的"三害"究竟有多大分量。

根据这一想法,县委先后抽调了一百二十个干部、老农和技术员,组成一支三结合的"三害"调查队。在全县展开了大规模的追洪水、查风口、探流沙的调查研究工作。焦裕禄和县委其他领导干部,都参加了这场战斗。那时候,焦裕禄正患着慢性的肝病,许多同志担心他在大风大雨中奔波,会加剧病情的发展,劝他不要参加,但他毫不犹豫地拒绝了同志们的劝告,他说:"吃别人嚼过的馍没味道。"他不愿意坐在办公室里依靠别人的汇报来进行工作,说完就背着干粮,拿起雨伞和大家一起出发了。

每当风沙最大的时候,也就是他带头下去查风口、探流沙的时候,雨最大的时候,也就是他带头下去冒雨涉水、观看洪水流势和变化的时候。他认为这是掌握风沙、水害规律最有利的时机。为了弄清一个大风口、一条主干河道的来龙去脉,他经常不辞劳苦地跟着调查队,追寻风沙和洪水的去向,从黄河故道开始,越过县界、省界,一直追到沙落尘埃,水入河道,方肯罢休。在这场艰苦的斗争中,县委书记焦裕禄简直变成一个满身泥水的农村"脱坯人"了。他和调查队的同志们经常在截腰深的水里吃干粮,有时夜晚蹲在泥水处歇息……

有一次，焦裕禄从杞县阳堌公社回县的路上，遇到了白帐子猛雨。大雨下了七天七夜，全县变成了一片汪洋。焦裕禄想："嗬，洪水呀，等还等不到哩，你自己送上门来了。"他回到县里后，连停也没有停，就带着办公室的三个同志出发了。眼前只有水，哪里有路？他们靠着各人手里的一根棍，探着，走着。这时，焦裕禄突然感到一阵阵肝痛，时时弯下身子用左手按着肝部。三个青年恳求着说："你回去休息吧。把任务交给我们，我们保证按照你的要求完成任务。"焦裕禄没有同意，继续一路走，一路工作着。

他站在洪水激流中，同志们为他撑了伞，他画了一张又一张水的流向图。等他们赶到金营大队，支部书记李广志看见焦裕禄就吃惊地问："一片汪洋大水，您是咋来的？"焦裕禄抡着手里的棍子说："就坐这条船来的。"李广志让他休息一下，他却拿出自己画的图来，一边指点着，一边滔滔不绝地告诉李广志，根据这里的地形和水的流势，应该从哪里到哪里开一条河，再从哪里到哪里挖一条支沟……这样，就可以把这几个大队的积水，统统排出去了。李广志听了非常感动，他没有想到焦裕禄同志的领导工作，竟这样的深入细致！到吃饭的时候了，他要给焦裕禄派饭，焦裕禄说："雨天，群众缺烧的，不吃啦！"说着就又向风雨中走去。

送走了风沙滚滚的春天，又送走了雨水集中的夏季，调查队在风里、雨里、沙窝里、激流里度过了一个月又一个月，方圆跋涉了五千余里，终于使县委抓到了兰考"三害"的第一手资料。全县有大小风口八十四个，经调查队一个个查清，编了号、绘了图；全县有大小沙丘一千六百个，也一个个经过丈量，编了号，绘了图；全县的千河万流，淤塞的河渠，阻水的路基、涵闸……也调查得清清楚楚，绘成了详细的排涝泄洪图。

这种大规模的调查研究，使县委基本上掌握了水、沙、碱发生、发展的规律。几个月的辛苦奔波，换来了一整套又具体又详细的资料，把全县抗灾斗争的战斗部署，放在一个更科学更扎实的基础之上。大家都觉得方向明，信心足，无形中增添了不少的力量。

"榜样的力量是无穷的"

夜已经很深了，阵阵的肝痛和县委工作沉重的担子，使焦裕禄久久不能入睡。他的心在想着兰考县的三十六万人和二千五百七十四个生产队。抗灾斗争的发展是不平衡的,基层干部和群众的思想觉悟也有高有低,怎样才能把毛泽东思想红旗高高举起?怎样才能充分调动起群众的革命积极性?怎样才能更快地在全县范围内开展起轰轰烈烈的抗灾斗争?……

焦裕禄在苦苦思索着。

他披衣起床,重又翻开《毛泽东选集》。在多年的工作中,焦裕禄已养成了学习毛主席著作的习惯,他从毛主席的著作中汲取了无穷的智慧和力量。县委开会,他常常在会前朗读毛主席著作中的有关章节。无论在办公室,或下乡工作,他总要提着一个布兜儿,装上《毛泽东选集》带在身边。每次遇到工作中的困难,他都认真地向毛主席的著作请教,严格地按照毛主席的指示去办。他曾对县委的同志们介绍自己学习毛主席著作的方法,叫作"白天到群众中调查访问,回来读毛主席著作,晚上'过电影',早上记笔记。"他所说的"过电影",主要是指联系实际来思考问题。他说:"无论学习或工作,不会'过电影'那是不行的。"

现在,全县抗灾斗争的情景,正像一幕幕的电影活动在他的脑海里,他带

着一连串的问题,去阅读毛主席《关于领导方法的若干问题》那篇文章。目光停在那几行金光闪耀的字上:

"我们共产党人无论进行何项工作,有两个方法是必须采用的,一是一般和个别相结合,二是领导和群众相结合。"

"从群众中集中起来又到群众中坚持下去,以形成正确的领导意见,这是基本的领导方法。"

毛主席的话给了他很大的力量,眼前一下子豁亮起来。他决定发动县委领导同志再到贫下中农中间去。他自己更是经常住在老贫农的草庵子里,蹲在牛棚里,跟群众一起吃饭,一起劳动。他带着高昂的革命激情和对群众的无限信任，在广大贫下中农间询问着、倾听着、观察着，他听到许多贫下中农要求"翻身"、要求革命的呼声。看到许多队自力更生、奋发图强对"三害"斗争的革命精神。他在群众中学到了不少治沙、治水、治碱的办法，总结了不少可贵的经验。群众的智慧，使他受到极大的鼓舞，也更加坚定了他战胜灾害的信心。

韩村是一个只有二十七户人家的生产队。一九六二年秋天遭受了毁灭性的涝灾，每人只分到了十二两红高粱穗。在这样严重的困难面前，生产队的贫下中农提出，不向国家伸手，不要救济粮、救济款，自己割草卖草养活自己。他们说：摇钱树，人人有，全靠自己一双手。不能支援国家，心里就够难受了，决不能再拖国家的后腿。就在这年冬天，他们割了二十七万斤草，养活了全体社员，养活了八头牲口，还修理了农具，买了七辆架子车。

秦寨大队的贫下中农社员，在盐碱地上刮掉一层皮，从下面深翻出好土，盖在上面。他们大干深翻地的时候，正是最困难的一九六三年夏季。他们说："不能干一天干半天，不能翻一锹翻半锹，用蚕吃桑叶的办法，一口口啃，也要把这碱地啃翻个个儿。"

赵垛楼的贫下中农在七季基本绝收以后，冒着倾盆大雨，挖河渠，挖排水沟，同暴雨内涝搏斗。一九六三年秋天，这里一连九天暴雨，他们却夺得了好收成，卖了八万斤余粮。

双杨树的贫下中农在农作物基本绝收的情况下，雷打不散，社员们兑鸡蛋卖猪，买牲口买种子，坚持走集体经济自力更生的道路，社员们说："穷，咱穷到一块儿；富，咱也富到一块儿。"

韩村，秦寨，赵垛楼，双杨树，广大贫下中农自力更生的革命精神，使焦裕禄十分激动。他认为这就是在毛泽东思想哺育下的贫下中农革命精神的好榜样。他在县委会议上，多少次讲述了这些先进典型的重大意义，并亲自总结了它们的经验。他说："榜样的力量是无穷的，我们应该把群众中这些可贵的东西，集中起来，再坚持下去，号召全县社队向他们学习。"

一九六三年九月，县委在兰考冷冻厂召开了全县大小队干部的盛大集会，这是扭转兰考局势的大会，是兰考人民自力更生、奋发图强的一次誓师大会。会上，焦裕禄为韩村、秦寨、赵垛楼、双杨树的贫下中农鸣锣开道，请他们到主席台上，拉他们到万人之前，大张旗鼓地表扬他们的革命精神。他把群众中这些革命的东西，集中起来，总结为四句话："韩村的精神，秦寨的决心，赵垛楼的干劲，双杨树的道路。"他说：这就是兰考的新道路！是毛泽东思想指引的道路！他大声疾呼，号召全县人民学习这四个样板，发扬他们的革命精神，在全县范围内锁住风沙，制伏洪水，向"三害"展开英勇的斗争！

这次大会在兰考抗灾斗争的道路上，是一个伟大的转折。它激发了群众的革命豪情，鼓舞了群众的革命斗志，有力地推动了全县抗灾斗争的发展。它使韩村等四个榜样的名字传遍了兰考；

它让毛泽东思想的伟大红旗,在兰考三十六万群众的心目中,高高地升起!

从此,兰考人民的生活中多了两个东西,这就是县委和县人委发出的"奋发图强的嘉奖令"和"革命硬骨头队"的命名书。

"当群众最困难的时候,
共产党员要出现在群众面前"

就在兰考人民对涝、沙、碱三害全面出击的时候,一场比过去更加严重的灾害又向兰考袭来。一九六三年秋季,兰考县一连下了十三天雨,雨量达二百五十毫米。大片大片的庄稼汪在洼窝里，渍死了。全县有十一万亩秋粮绝收，二十二万亩受灾。

焦裕禄和县委的同志们全力投入了生产救灾。

那是个冬天的黄昏。北风越刮越紧，雪越下越大。焦裕禄听见风雪声，倚在门边望着风雪发呆。过了会儿，他又走回来，对办公室的同志们严肃地说："在这大风大雪里，贫下中农住得咋样？牲口咋样？"接着他要求县委办公室立即通知各公社做好几件雪天工作。他说："我说，你们记记。第一、所有农村干部必须深入到户，访贫问苦，安置无屋居住的人，发现断炊户，立即解决。第二、所有从事农村工作的同志，必须深入牛屋检查，照顾老弱病畜，保证不许冻坏一头牲口。第三、安排好室内副业生产。第四、对于参加运输的人畜，凡是被风雪隔在途中的，在哪个大队的范围，由哪个大队热情招待，保证吃得饱，住得暖。第五、教育全党，在大雪封门的时候，到群众中去，和他们同甘共苦。最后一条，把检查执行的情况迅速报告县委。"办公室的同志记下他的话，立即用电话向各公社发出了通知。

这天，外面的大风雪刮了一夜。焦

裕禄的房子里，电灯也亮了一夜。

第二天，窗户纸刚刚透亮，他就挨门把全院的同志们叫起来开会。焦裕禄说："同志们，你们看，这场雪越下越大，这会给群众带来很多困难，在这大雪拥门的时候，我们不能坐在办公室里烤火，应该到群众中间去。共产党员应该在群众最困难的时候，出现在群众的面前，在群众最需要帮助的时候，去关心群众，帮助群众。"

简短的几句话，像刀刻的一样刻在每一个同志的心上。有人眼睛湿润了，有人有多少话想说也说不出来了。他们的心飞向冰天雪地的茅屋去了。大家立即带着救济粮款,分头出发了。

风雪铺天盖地而来。北风响着尖厉的哨音,积雪有半尺厚。焦裕禄迎着大风雪,什么也没有披,火车头帽子的耳巴在风雪中忽闪着。那时,他的肝痛常常发作,有时痛得厉害,他就用一支钢笔硬顶着肝部。现在他全然没想到这些,带着几个年轻小伙子,踏着积雪,一边走,一边高唱《南泥湾》。他问青年人看过《万水千山》这个电影没有?他说:"你们看,眼前多么像《万水千山》里的一个镜头呵!"

这一天,焦裕禄没烤群众一把火,没喝群众一口水。风雪中,他在九个村子，访问了几十户生活困难的老贫农。在梁孙庄，他走进一个低矮的柴门。这里住的是一双无依无靠的老人。老大爷有病躺在床上，老大娘是个瞎子。焦裕禄一进屋，就坐在老人的床头，问寒问饥。老大爷问他是谁？他说："我是您的儿子。"老人问他大雪天来干啥？他说："毛主席叫我来看望您老人家。"老大娘感动得不知说什么才好，用颤抖的双手上上下下摸着焦裕禄。老大爷眼里噙着泪说："解放前，大雪封门，地主来逼租，撵得我蹲人家的房檐，住人家的牛屋。"焦裕禄安慰老人说："如今印把子抓在咱手里，兰考受灾受穷的面貌一定能够改过来。"

就是在这次雪天送粮当中,焦裕禄也看到和听到了许多贫下中农极其感人的故事。谁能够想到,在毁灭性的涝灾面前,竟有那么一些生产队,两次三番退回国家送给他们的救济粮、救济款。他们说:把救济粮、救济款送给比我们更困难的兄弟队吧,我们自己能想办法养活自己!

焦裕禄心里多么激动呵!他看到毛泽东思想像甘露一样滋润了兰考人民的心,党号召的自力更生、奋发图强的精神,在困难面前逞英雄的硬骨头精神,已经变成千千万万群众敢于同天抗、同灾斗的物质力量了。

有了这种精神，在兰考人民面前还有什么天大的灾害不能战胜！

"县委书记要善于当'班长'"

焦裕禄常说，县委书记要善于当"班长"，要把县委这个"班"带好，必须使这"一班人"思想齐、动作齐。而要统一思想、统一行动，就必须用毛泽东思想挂帅。

他是这样想的，也是这样做的。

县人委有一位从丰收地区调来的领导干部，提出了一个装潢县委和县人委领导干部办公室的计划。连桌子、椅子、茶具，都要换一套新的。为了好看，还要把城里一个污水坑填平，上面盖一排房子。县委多数同志激烈地反对这个计划。也有人问："钱从哪里来？能不能花？"这位领导干部管财政，他说："花钱我负责。"

但是，焦裕禄提了一个问题：

"坐在破椅子上不能革命吗？"他接着说明了自己的意见：

"灾区面貌没有改变，还大量吃着国家的统销粮，群众生活很困难。富丽堂皇的事，不但不能做，就是连想也很危险。"

后来，焦裕禄找这位领导干部谈了几次话，帮助他认识错误。焦裕禄对他说：兰考是灾区，比不得丰收区。即使是丰收区，你提的那种计划，也是不应该做的。焦裕禄劝这位领导干部到贫下中农家里去住一住，到贫下中农中间去看一看。去看看他们想的是什么，做的是什么。焦裕禄作为县委的"班长"，他从来不把自己的意见，强加于人。他对同志们要求非常严格，但他要求得入情入理，叫你自己从内心里生出改正错误的力量。不久以后，这位领导干部认识了错误，自己收回了那个"建设计划"。

有一位公社书记在工作中犯了错误。当时,县委开会,多数委员主张处分这位同志。但焦裕禄经过再三考虑,提出暂时不要给他处分。焦裕禄说,这位同志是我们的阶级弟兄,他犯了错误,给他处分固然是必要的;但是,处分是为了达到治病救人的目的。当前改变兰考面貌,是一个艰巨的斗争,不如派他到最艰苦的地方去,考验他、锻炼他,给他以改正错误的机会,让他为党的事业出力,这样不是更好吗?

县委同意了焦裕禄的建议,决定派这个同志到灾害严重的赵垛楼去蹲点。这位同志临走时,焦裕禄把他请来,严格地提出批评,亲切地提出希望,最后焦裕禄说:"你想想,当一个不坚强的战士,当一个忘了群众利益的共产党员,多危险,多可耻呵!先烈们为解放兰考这块地方,能付出鲜血、生命;难道我们就不能建设好这个地方?难道我们能在自然灾害面前当怕死鬼?当逃兵?"

焦裕禄的话,一字字、一句句都紧紧扣住这位同志的心。这话的分量比一个最重的处分决定还要沉重,但这话也使这位同志充满了战斗的激情。阶级的情谊,革命的情谊,党的温暖,在这位犯错误的同志的心中激荡着,他满眼流着泪,说:"焦裕禄同志,你放心……"

这位同志到赵垛楼以后,立刻同群众一道投入了治沙治水的斗争。他发现群众的生活困难,提出要卖掉自己的自行车,帮助群众,县委制止了他,并且指出,当前最迫切的问题,是从思想上武装赵垛楼的社员群众,领导他们起来,自力更生进行顽强的抗灾斗争,一辆自行车是不能解决什么问题的。后来,焦裕禄也到赵垛楼去了。他关怀赵垛楼的两千来个社员群众,他也关怀这位犯错误的阶级弟兄。

就在这年冬天,赵垛楼为害农田多年的二十四个沙丘,被社员群众用沙底下的黄胶泥封盖住了。社员们还挖通了河渠，治住了内涝。这个一连七季吃统销粮的大队，一季翻身，卖余粮了。

也就在赵垛楼大队"翻身"的这年冬天，那位犯错误的同志，思想上也翻了个个儿。他在抗灾斗争中，身先士卒，表现得很英勇。他没有辜负党和焦裕禄对他的期望。

焦裕禄，出生在山东淄博一个贫农家里，他的父亲在解放前就被国民党反动派逼迫上吊自杀了。他从小逃过荒，给地主放过牛，扛过活，还被日本鬼子抓到东北挖过煤。他带着家仇、阶级恨参加了革命队伍，在部队、农村和工厂里做过基层工作。从参加革命一直到当县委书记以后,他始终保持着劳动人民的本色。他常常开襟解怀,卷着裤管,朴朴实实地在群众中间工作、劳动。贫农身上有多少泥,他身上有多少泥。他穿的袜子,补了又补,他爱人要给他买双新的,他说:"跟贫下中农比一比,咱穿的就不错了。"夏天,他连凉席也不买,只花四毛钱买一条蒲席铺。

有一次,他发现孩子很晚才回家去。一问,原来是看戏去了。他问孩子:"哪里来的票?"孩子说:"收票叔叔向我要票,我说没有。叔叔问我是谁?我说焦书记是我爸爸。叔叔没有收票就叫我进去了。"焦裕禄听了非常生气,当即把一家人叫来训了一顿,命令孩子立即把票钱如数送给戏院。接着,又建议县委起草了一个通知,不准任何干部特殊化,不准任何干部和他们的子弟"看白戏"……

"焦裕禄是我们县委的好班长,好榜样。"

"在焦裕禄领导下工作,方向明,信心大,敢于大作大为,心情舒畅,就是累死也心甘。"

焦裕禄的战友这样说,反对过他的人这样说,犯过错误的人也这样说。

他心里装着全体人民,唯独没有他自己

县委一位副书记在乡下患感冒,焦裕禄几次打电话,要他回来休息;组织部一位同志有慢性病,焦裕禄不给他分配工作,要他安心疗养;财委一位同志患病,焦裕禄多次催他到医院检查……焦裕禄的心里,装着全体党员和全体人民,唯独没有他自己。

一九六四年春天,正当党领导着兰考人民同涝、沙、碱斗争胜利前进的时候,焦裕禄的肝病也越来越重了。很多人都发现,无论开会、作报告,他经常

把右脚踩在椅子上,用右膝顶住肝部。他棉袄上的第二和第三个扣子是不扣的,左手经常揣在怀里。人们留心观察,原来他越来越多地用左手按着时时作痛的肝部,或者用一根硬东西顶在右边的椅靠上。日子久了,他办公室的藤椅上,右边被顶出了一个大窟窿。他对自己的病,是从来不在意的。同志们问起来,他才说他对肝痛采取了一种压迫止疼法。县委的同志们劝他疗养,他笑着说:"病是个欺软怕硬的东西,你压住他,他就不欺侮你了。"焦裕禄暗中忍受了多大痛苦,连他的亲人也不清楚。他真是全心全意投到改变兰考面貌的斗争中去了。

焦裕禄到地委开会,地委负责同志劝他住院治疗,他说:"春天要安排一年的工作,离不开!"没有住。地委给他请来一位有名的中医诊断,开了药方,因为药费很贵,他不肯买。他说:"灾区群众生活很困难,花这么多钱买药,我能吃得下吗?"县委的同志背着他去买来三剂,勉强让他服了,但他执意不再服第四剂。

那天,县委办公室的干部张思义和他一同骑自行车到三义寨公社去。走到半路,焦裕禄的肝痛发作,痛得骑不动,两个人只好推着自行车慢慢走。刚到公社，大家看他气色不好，就猜出是他又发病了。公社的同志说："休息一下吧。"他说："谈你们的情况吧，我不是来休息的。"

公社的同志一边汇报情况，一边看着焦裕禄强按着肚子在作笔记。显然，他的肝痛得使手指发抖，钢笔几次从手指间掉了下来。汇报的同志看到这情形，忍住泪，连话都说不出来了，而他，故意做出神情自若的样子，说：

"说，往下说吧。"

一九六四年的三月，兰考人民的除"三害"斗争达到了高潮，焦裕禄的肝病也到了严重关头。躺在病床上，他的心潮汹涌澎湃,奔向那正在被改造着的大地。他满腔激情地坐到桌前,想动手写一篇文章,题目是:《兰考人民多奇志,敢教日月换新天》。他铺开稿纸,拟好了四个小题目:一、设想不等于现实。二、一个落后地区的改变,首先是领导思想的改变。领导思想不改变,外地的经验学不进,本地的经验总结不起来。三、榜样的力量是无穷的。四、精神原子弹——精神变物质。

充满了革命乐观主义的焦裕禄,从兰考人民在抗灾斗争中表现出来的英雄气概,从兰考人民一步一个脚印的实干精神中,已经预见到新兰考美好的未来。但是，文章只开了个头，病魔就逼他放下了手中的笔，县委决定送他到医院治病去了。

临行那一天，由于肝痛得厉害，他是弯着腰走向车站的。他是多么舍不得离开兰考呵！一年多来，全县一百四十九个大队，他已经跑遍了一百二十多个。他把整个身心，都交给了兰考的群众，兰考的斗争。正像一位指挥员在战斗最紧张的时刻，离开炮火纷飞的前沿阵地一样，他从心底感到痛苦、内疚和不安。他不时深情地回顾着兰考城内的一切，他多么希望能很快地治好肝病，带着旺盛的精力回来和群众一块战斗呵！他几次向送行的同志们说，不久他就会回来的。在火车开动前的几分钟，他还郑重地布置了最后一项工作，要县委的同志好好准备材料，当他回来时，向他详细汇报抗灾斗争的战果。

"活着我没有治好沙丘，

死了也要看着你们把沙丘治好！"

开封医院把焦裕禄转到郑州医院，郑州医院又把他转到北京的医院。在这位钢铁般的无产阶级战士面前，医生们为他和肝痛斗争的顽强性格感到惊异。他们带着崇敬的心情站在病床前诊察，最后很多人含着眼泪离开。

那是个多么阴冷的日子呵！医生们开出了最后诊断书，上面写道："肝癌后期，皮下扩散。"这是不治之症。送他去治病的赵文选同志，绝不相信这个诊断，人像傻了似的，一连声问道："什么，什么？"医生说："你赶紧送他回去，焦裕禄同志最多还有二十天时间。"

赵文选呆了一下，突然放声痛哭起来。他央告着说：

"医生，我求求你，我恳求你，请你把他治好，俺兰考是个灾区，俺全县人离不开他，离不开他呀！"

在场的人都含着泪。医生说：

"焦裕禄同志的工作情况，在他进院时，党组织已经告诉我们。癌症现在还是一个难题，不过，请你转告兰考县的群众，我们医务工作者，一定用焦裕禄同志同困难和灾害斗争的那种革命精神，来尽快攻占这个高峰。"

这样，焦裕禄又被转到郑州河南医学院附属医院。

焦裕禄病危的消息传到兰考后，县上不少同志曾去郑州看望他。县上有人来看他，他总是不谈自己的病，先问县里的工作情况，他问张庄的沙丘封住了没有？问赵垛楼的庄稼淹了没有？问秦寨盐碱地上的麦子长得怎样？问老韩陵地里的泡桐树栽了多少？……

有一次，他特地嘱咐一个县委办公室的干部说：

"你回去对县委的同志说，叫他们把我没写完的文章写完；还有，把秦寨盐碱地上的麦穗拿一把来，让我看看！"

五月初，焦裕禄的病情进一步恶化了。在这种情况下，他的亲密战友、县委副书记张钦礼匆匆赶到郑州探望他。当焦裕禄用他那干瘦的手握着张钦礼，两只失神的眼睛充满深情地望着他时，张钦礼的泪珠禁不住一颗颗滚了下来。

焦裕禄问道："听说豫东下了大雨，

雨多大？淹了没有？"

"没有。"

"这样大的雨，咋会不淹？你不要不告诉我。"

"是没有淹！排涝工程起作用了。"张钦礼一面回答，一面强忍着悲痛给他讲了一些兰考人民抗灾斗争胜利的情况，安慰他安心养病，说兰考面貌的改变也许会比原来估计的更快一些。

这时候，张钦礼看到焦裕禄在全力克制自己剧烈的肝痛，一粒粒黄豆大的冷汗珠时时从他额头上浸出来。他勉强擦了擦汗，半晌，问张钦礼：

"我的病咋样？为什么医生不肯告

诉我呢？"

张钦礼迟迟没有回答。

焦裕禄一连追问了几次，张钦礼最后不得不告诉他说："这是组织上的决定。"

听了这句话，焦裕禄点了点头，镇定地说道："呵，那我明白了……"

隔了一会儿，焦裕禄从怀里掏出一张自己的照片，颤颤地交给张钦礼，然后说道："钦礼同志，现在有句话我不能不向你说了，回去对同志们说，我不行了，你们要领导兰考人民坚决地斗争下去。党相信我们，派我们去领导，我们是有信心的。我们是灾区，我死了，不要多花钱。我死后只有一个要求，要求组织上把我运回兰考，埋在沙堆上，活着我没有治好沙丘，死了也要看着你们把沙丘治好！"

张钦礼再也无法忍住自己的悲痛，他望着焦裕禄，鼻子一酸，几乎哭出声来。他带着泪告别了自己最亲密的阶级战友……

谁也没有料到，这就是焦裕禄同兰考县人民、同兰考县党组织的最后一别。

一九六四年五月十四日，焦裕禄同志不幸逝世了。那一年，他才四十二岁。

在他生命的最后时刻，中共河南省委和开封地委有两位负责同志守在他的床前。他对这两位上级党组织的代表断断续续地说出了最后一句话："我……没有……完成……党交给我的……任务。"

他死后，人们在他病榻的枕下，发现了两本书：一本是《毛泽东选集》，一本是《论共产党员的修养》。

他没有死，他还活着

事隔一年，一九六五年的春天，兰考县几十个贫农代表和干部，专程来到焦裕禄的坟前。贫农们一看见焦裕禄的坟墓,就仿佛看见了他们的县委书记,看见了他们永远也不会忘记的那个人。

一年前,他还在兰考,同贫下中农一起,日夜奔波在抗灾斗争的前线。人们怎么会忘记,在那大雪封门的日子,他带着党的温暖走进了贫农的柴门;在那洪水暴发的日子,他拄着棍子带病到各个村庄察看水情。是他高举着毛泽东思想的红灯,照亮了兰考人民自力更生的道路;是他带领兰考人民扭转了兰考的局势,激发了人们的革命精神;是他喊出了"锁住风沙,制伏洪水"的号召;是他发现了贫下中农中革命的"硬骨头"精神，使之在全县发扬光大。……这一切，多么熟悉，多么亲切呵！谁能够想到，像他这样一个充满着革命活力的人，竟会在兰考人民最需要他的时候，离开了兰考的大地。

人们一个个含着泪站在他的坟前，一位老贫农泣不成声地说出了三十六万兰考人的心声：

"我们的好书记，你是活活地为俺兰考人民，硬把你给累死的呀。困难的时候你为俺贫农操心，跟着俺们受罪，现在，俺们好过了，全兰考翻身了，你却一个人在这里……"

这是兰考人民对自己的亲人、自己

的阶级战友的痛悼，也是兰考人民对一位为他们的利益献出生命的共产党员的最高嘉奖。

焦裕禄去世后的这一年，兰考县的全体党员、全体人民，用眼泪和汗水灌溉了兰考大地。三年前焦裕禄倡导制订的改造兰考大自然的蓝图，经过三年艰苦努力，已经变成了现实。兰考，这个豫东历史上缺粮的县份，一九六五年粮食已经初步自给了。全县二千五百七十四个生产队，除三百来个队是棉花、油料产区外，其余的都陆续自给，许多队还有了自己的储备粮。一九六五年，兰考县连续旱了六十八天，从一九六四年冬天到一九

县委书记的榜样——焦裕禄

六五年春天，刮了七十二次大风，却没有发生风沙打死庄稼的灾害，十九万亩沙区的千百条林带开始把风沙锁住了。这一年秋天，连续下了三百八十四毫米暴雨，全县也没有一个大队受灾。

焦裕禄生前没有写完的那篇文章，由三十六万兰考人民在兰考大地上集体完成了。这是一篇人颜欢笑的文章，是一篇闪烁着毛泽东思想光辉的文章。在这篇文章里，兰考人民笑那起伏的沙丘"贴了膏药，扎了针"[①]，笑那滔滔洪水

[①] 这是焦裕禄生前总结兰考人民治沙经验说过的两句话。"贴了膏药"是指用翻淤压沙的办法把沙丘封住；"扎了针"是指在沙丘上种上树，把沙丘固定住。

乖乖地归了河道，笑那老几辈连茅草都不长的老碱窝开始出现了碧绿的庄稼，笑那多少世纪以来一直压在人们头上的大自然的暴君，在伟大的毛泽东时代，不能再任意摆布人们的命运了。

焦裕禄虽然去世了，但他在兰考土地上播下的自力更生的革命种子，正在发芽成长，他带给兰考人民的毛泽东思想的红灯，愈来愈发出耀眼的光芒。他一心为革命、一心为群众的高贵品德，已成为全县干部和群众学习的榜样。这一切宝贵的精神财富，今天已化为强大的物质力量，推动着兰考人民在自力更生、奋发图强的大道上继续奋勇前进。

兰考灾区面貌的改变，还只是兰考人民征服大自然的开始，在这场伟大的向大自然进军的斗争中，他们不仅要彻底摘掉灾区的帽子，而且决心不断革命，把大部分农田逐步改造成为旱涝保收的稳产高产田，逐步实现"上纲要"（达到农业发展纲要规定的产量要求），"过长江"，建设社会主义新兰考。

焦裕禄同志，你没有辜负党的希望，你出色地完成了党交给你的任务，兰考人民将永远忘不了你。你不愧为毛泽东思想哺育成长起来的好党员，不愧为党的好干部，不愧为人民的好儿子！你是千千万万在严重自然灾害面前，巍然屹立的共产党员和贫下中农革命英雄形象的代表。你没有死,你将永远活在千万人的心里!

——原载于《人民日报》1996年2月7日

图书在版编目（CIP）数据

县委书记的榜样——焦裕禄/穆青等著. -- 上海：上海文艺出版社，2021.
（红色经典文艺作品口袋书）
ISBN 978-7-5321-8064-6

Ⅰ.①县… Ⅱ.①穆… Ⅲ.①报告文学－作品集－中国－当代 Ⅳ.①I25

中国版本图书馆CIP数据核字(2021)第148245号

发 行 人：毕　胜
责任编辑：李伟长
特约编辑：乔　亮
封面设计：陈　楠
美术编辑：钱　祯

书　　名：县委书记的榜样——焦裕禄
作　　者：穆　青　等
出　　版：上海世纪出版集团　　上海文艺出版社
地　　址：上海市绍兴路7号　200020
发　　行：上海文艺出版社发行中心
　　　　　上海市绍兴路50号　200020　www.ewen.co
印　　刷：上海盛通时代印刷有限公司
开　　本：787×1092　1/32
印　　张：5.375
插　　页：3
字　　数：41,000
印　　次：2021年8月第1版　2021年8月第1次印刷
Ｉ Ｓ Ｂ Ｎ：978-7-5321-8064-6/I·6387
定　　价：32.00元
告 读 者：如发现本书有质量问题请与印刷厂质量科联系　T：021-37910000